님의 沈默

군 말

「님」만 님이 아니라 기룬 것은 다 님이다。衆生이 釋迦의 님

이라면 哲學은 칸트의 님이다。薔薇花의 님이 봄비라면 마시니의

님은 伊太利다。님은 내가 사랑할뿐 아니라 나를 사랑하나니라。

戀愛가 自由라면 님도 自由일 것이다。그러나 너희는 이름

좋은 自由에 알뜰한 拘束을 받지 안너냐。너에게도 님이 있

너냐 있다면 님이 아니라 너의 그림자니라。

나는 해 저문 벌판에서 돌아가는 길을 잃고 헤매는 어린

羊이 거루어서 이 詩를 쓴다。

著　者

우리의 맹서

一, 우리는 대한민국의 아들딸
　　주검으로써 나라를 지키자

二, 우리는 강철같이 단결하여
　　공산침략자를 부시자

三, 우리는 백두산 영봉에 태극기 날리고
　　남북통일을 완성하자

차 례

님 의 沈默

님은 갔읍니다 아아 사랑하는 나의 님은 갔읍니다•

푸른 산빛을 깨치고 단풍나무 숲을 향하여 난 적은 길을 걸어서 참

떨치고 갔읍니다。

黃金의 꽃갈이 굽고 빛나든 옛 맹서(盟誓)는 차대찬 띠끌이 되어서

한숨의 미풍(微風)에 날러갔읍니다。

날카로운 첫 「키쓰」의 追憶은 나의 運命의 指針을 돌려 놓고 뒷걸음

처서 사라졌읍니다。

나는 향기로운 님의 말소리에 귀먹고 꽃다운 님의 얼굴에 눈멀었읍

니다。

사랑도 사람의 일이다 만날 때에 미리 떠날 것을 염려하고 경계하지

아니한것은 아니지만 이별은 뜻밖에 일이되고 놀란가슴은 새로운 슬픔에

터집니다。

그러나 이별을 쓸데없는 눈물의 源泉을 만들고 마는것은 스스로 사랑

을 깨치는것인줄 아는까닭에 걷잡을수없는 슬픔의 힘을 옮겨서 새 希望

의 정수박이에 들어부었읍니다。

우리는 만날때에 떠날것을 염려하는것과같이 떠날때에 다시 만날것을 밑

습니다。

아아 님은 갔지마는 나는 님을 보내지 아니하였읍니다。

제곡조를 못이기는 사랑의 노래는 님의 沈默을 휩싸고 돕니다。

2

이별은 美의 創造

이별은 美의 創造입니다。

이별의 美는 아침의 바탕(質) 없는 黃金과 밤의 올(系) 없는 검은 비단과 주검 없는 永遠의 生命과 시들지 않는 하늘의 푸른 꽃에도 없읍니다。

님이여 이별이 아니면 나는 눈물에서 죽었다가 웃음에서 다시 살어날 수가 없읍니다。오오 이별이여

美는 이별의 創造입니다。

3

알 수 없어요

바람도 없는 공중에 垂直의 파문(波紋)을 내이며 고요히 떨어지는 오

동잎은 누구의 발자최입니까。

지리한 장마 끝에 서풍에 몰려가는 무서운 검은 구름의 터진 틈으로

언뜻언뜻 보이는 푸른 하늘은 누구의 얼굴입니까。

꽃도 없는 깊은 나무에 푸른 이끼를 거쳐서 옛 塔위의 고요한 하늘

을 스치는 알 수 없는 향기는 누구의 입김입니까。

근원은 알지도 못할 곳에서 나서 돌뿌리를 울리고 가늘게 흐르는 적

은 시내는 구비구비 누구의 노래입니까。

연꽃 같은 발꿈치로 가이없는 바다를 밟고 옥같은 손으로 끝없는 하

늘을 만지면서 떨어지는 날을 곱게 단장하는 저녁놀은 누구의 詩입니까。

4

타고 남은 재가 다시 기름이 됩니다. 그칠줄을 모르고 타는 나의 가슴은 누구의 밤을 지키는 약한 등불입니까.

나는 잊고저

남들은 님을 생각한다지만

나는 님을 잊고저 하여요

잊고저 할쑤록 생각하기로

행여 잊힐까하고 생각하여 보았습니다

잊으랴면 생각하고

생각하면 잊히지 아니하니

잊도 말고 생각도 말어 볼까요

잊든지 생각든지 내버려 두어 볼까요

그러나 그리도 아니되고

6

끊임없는 생각생각에 님뿐인데 어찌하여요

구태여 잊으랴면

잊을수가 없는것은 아니지만

잠과 주검 뿐이기로

님 두고는 못하여요

아아 잊히지 않는 생각보다

잊고저하는 그것이 더욱 괴롭습니다.

가지 마서요

그것은 어머니의 가슴에 머리를 숙이고 자기자기한 사랑을 받으랴고 쁴

죽어리는 입설로 表情하는 어여쁜 아기를 싸않으랴는 사랑의 날개가 아

니라 敵의 旗발입니다。

그것은 자비(慈悲) 의 백호광명(白毫光明)이 아니라 번득어리는 악마(惡魔)

의 눈(眼) 빛입니다。

그것은 면류관(冕旒冠)과 黃金의 누리와 주검과를 본체도 아니하고 몸

과 마음을 돌돌 뭉처서 사랑의 바다에 풍덩 넣라는 사랑의 女神이 아

니라 칼의 웃음입니다。

아아 님이여. 慰安에 목마른 나의 님이여 걸음을 돌리서요 거기를 가

지 마서요 나는 싫어요。

8

大地의 음악은 無窮花 그늘에 잠들었습니다●

光明의 꿈은 검은 바다에서 잠약질합니다。

무서운 沈默은 萬像의 속살거림에 서슬이 푸른 敎訓을 내리고 있습니다●

아아 님이여 새 生命의 꽃에 醉하랴는 나의 님이여 걸음을 돌리서요

거기를 가지 마서요 나는 싫어요。

거룩한 天使의 洗禮를 밤은 純潔한 靑春을 똑따서 그 속에 自己의 生命을 넣어 그것을 사랑의 祭壇에 祭物로 드리는 어여쁜 處女가 어데 있어요。

달큼하고 맑은 향기를 꿀벌에게 주고 다른 꿀벌에게 주지 않는 이상

한 百合꽃이 어데 있어요。

自身의 전체를 주검의 靑山에 장사 지내고 흐르는 빛(光)으로 밤을 무

조각에 베히는 밝뒷불이 어데 있어요。

아아 님이여 情에 순사(殉死)하랴는 나의 님이여 걸음을 돌리서요 거

기를 가지 마서요 나는 싫어요.

그 나라에는 虛空이 없읍니다.

그 나라에는 그림자 없는 사람들이 戰爭을 하고 있읍니다.

그 나라에는 宇宙萬像의 모든 生命의 쇠ㅅ대를 가지고 尺度를 초월(超

越)한 삼엄(森嚴)한 秩律(軌律)로 進行하는 偉大한 時間이 停止되었읍니다.

아아 님이여 주검을 방향(芳香)이라고 하는 나의 님이여 걸음을 돌티

서요 거기를 가지 마서요 나는 싫어요.

고 적 한 밤

하늘에는 달이 없고 따에는 바람이 없읍니다요

사람들은 소리가 없고 나는 마음이 없읍니다。

宇宙는 주검인가요

人生은 잠인가요

한 가닭은 눈썹에 걸치고 한 가닭은 적은 별에 걸쳤든 님 생각의 金

실은 살살살 걷첩니다。

한 손에는 黃金의 칼을 들고 한손으로 天國의 꽃을 꺾든 환상(幻想)

의 女王도 그림자를 감추었읍니다。

아아 님 생각의 金실과 환상(幻想) 의 女王이 두 손을 마주 잡고 눈물

의 속에서 情死한줄이야 누가 알어요。

宇宙는 주검인가요

人生은 눈물인가요

人生이 눈물이면

주검은 사랑인가요

나 의 길

이 세상에는 길도 많기도 합니다。

산에는 돌길이 있읍니다。바다에는 뱃길이 있읍니다。공중에는 달과 별의 길이 있읍니다。

강가에서 낚시질하는 사람은 모래위에 발자최를 내입니다。들에서 나물 캐는 女子는 방초(芳草)를 밟읍니다。

악한 사람은 죄의 길을 쫓아 갑니다。

義있는 사람은 옳은 일을 위하여는 칼날을 밟읍니다。

서산에 지는해는 붉은놀을 밟읍니다。

봄아침의 맑은 이슬은 꽃머리에서 미끄럼 탑니다。

13

그러나 나의 길은 이 세상에 둘 밖에 없읍니다.

하나는 님의 품에 안기는 길입니다.

그렇지 아니하면 주검의 품에 안기는 길입니다.

그것은 만일 님의 품에 안기지 못하면 다른 길은 주검의 길보다 험

하고 괴로운 까닭입니다.

아아 나의 길은 누가 내었읍니까.

아아 이 세상에는 님이 아니고는 나의 길을 내일 수가 없읍니다.

그런데 나의 길을 님이 내었으면 주검의 길은 왜 내셨을까요.

14

꿈 깨고서

님이며는 나를 사랑하련마는 밤마다 문밖에 와서 발자최 소리만 내이고 한번도 들어오지 아니하고 도로 가니 그것이 사랑인가요。

그러나 나는 발자최나마 님의 문밖에 가본적이 없읍니다。

아마 사랑은 님에게만 있나봐요。

아아 발자최소리나 아니더면 꿈이나 아니 깨였으련마는

꿈은 님을 찾어가랴고 구름을 탔었어요。

藝術家

나는 서루른 畫家여요.

잠자니 오는 잠짜리에 누어서 손가락을 가슴에 대이고 당신의 코와 입

과 두 볼에 새암 파지는 것까지 그렸읍니다.

그러나 언제든지 적은 웃음이 떠도는 당신의 눈자위는 그리다가 백번

이나 지었읍니다.

나는 파겁 못한 聲樂家여요.

이웃 사람도 돌아가고 버러지 소리도 끊첬는데 당신의 가러쳐 주시든

노래를 부르라다가 조는 고양이가 부끄러워서 부르지 못하였읍니다.

그래서 간은 바람이 문풍지를 스칠 때에 가만히 合唱하였읍니다.

16

나는 숙정시인 叔情詩人) 이 되기에는 너무도 소질(素質)이 없나봐요.

「질거음」이니 「슬픔」이니 「사랑」이니 그런 것은 쓰기 싫어요.

당신의 얼굴과 소리와 걸음걸이와를 그대로 쓰고 싶읍니다.

그러고 당신의 집과 침대와 꽃밭에 있는 적은 돌도 쓰겠읍니다.

이 별

아아 사람은 약한 것이다 여린 것이다 간사한 것이다。

이 세상에는 진정한 사랑의 이별는 있을 수가 없는 것이다。

주검으로 사랑을 바꾸는 님과 님에게야 무슨 이별이 있으랴。

이별의 눈물은 불거품의 꽃이오 鍍金한 金방울이다。

칼로 베인 이별의 키쓰가 어데 있너냐。

生命의 꽃으로 비진 이별의 두견주(杜鵑酒)가 어데 있너냐。

피의 紅寶石으로 만든 이별의 記念반지가 어데 있너냐。

이별의 눈물은 저주(咀呪)의 마니주(摩尼珠)요 거짓의 水晶이다。

18

사랑의 이별은 이별의 反面에 반드시 이별하는 사랑보다 더 큰 사랑

이 있는 것이다。

혹은 直接의 사랑은 아닐지라도 간접의 사랑이라도 있는 것이다。

다시 말하면 이별하는 愛人보다 자기를 더 사랑하는 것이다。

만일 愛人을 自己의 生命보다 더 사랑하면 無窮을 回轉하는 時間의 수

레바퀴에 이끼가 끼도록 사랑의 이별은 없는 것이다。

아니다 아니다。「참」 보다도 참인 님의 사랑엔 주검보다도 이별이 훨

씬 偉大하다。

주검이 한방울의 찬이슬이라면 이별은 일천줄기의 꽃비다。

주검이 밝은 별이라면 이별은 거룩한 太陽이다。

19

아아 진정한 愛人을 사랑함에는 주검은 칼을 주는 것이오 이별은 꽃

生命보다 사랑하는 愛人을 사랑하기 위하여는 죽을 수가 없는 것이다.

진정한 사랑을 위하여는 괴롭게 사는 것이 주검보다도 더 큰 희생 犧牲)
이다.

이별은 사랑을 위하여 죽지 못하는 가장 큰 苦痛이오 報恩이다.

愛人은 이별보다 愛人의 주검을 더 슬퍼하는 까닭이다.

사랑은 붉은 꽃 한 송이나 푸른 술에만 있는것이 아니라 면 마음을 서로

비치는 無形에도 있는 까닭이다.

그러므로 사랑하는 愛人을 주검에서 잊지 못하고 이별에서 생각하는
것이다.

그러므로 사랑하는 愛人은 주검에서 웃지 못하고 이별에서 우는 것이오.

그러므로 愛人을 위하여는 이별의 怨恨을 주검의 懽快로 갚지 못하고

슬픔의 苦痛으로 참는 것이다。

그러므로 사랑은 참어 죽지 못하고 참어 이별하는 사랑보다 더큰 사

랑은 없는 것이다。

그리고 진정한 사랑은 곳이 없다。

진정한 사랑은 愛人의 포옹(抱擁)만 사랑할 뿐 아니라 愛人의 이별도

사랑하는 것이다。

그리고 진정한 사랑은 때가 없다。

진정한 사랑은 間斷이 없어서 이별은 愛人의 肉뿐이오 사랑은 無窮이

당。

길이 막혀

당신의 얼굴은 달도 아니언만

산 넘고 물 넘어 나의 마음을 비칩니다

나의 손길은 왜 그리 짧아서

눈 앞에 보이는 당신의 가슴을 못 만지나요

당신이 오기로 못 올 것이 무었이며

내가 가기로 못 갈 것이 없지마는

산에는 사다리가 없고

물에는 배가 없어요

22

뷔라석 사다리를 떼고 배를 깨뜨렸읍니까

나는 보석으로 사다리 놓고 진주로 배 모아요

오시랴도 길이 막혀서 못오시는 당신이 긔루어요

내가 당신을 기다리고 있는것은 기다리고자 하는것이 아니라 기다려지

는 것입니다。

말하자면 당신을 기다리는것은 貞操보다도 사랑입니다。

남들은 나더러 時代에 뒤진 낡은 女性이라고 삐죽어렵니다。區區한 貞

操를 지킨다고。

그러나 나는 時代性을 理解하지 못하는 것도 아닙니다。

人生과 貞操의 심각(深刻)한 批判을 하여 보기도 한두번이 아닙니다。

自由戀愛의 神聖(?)을 덮어놓고 否定하는 것도 아닙니다。

大自然을 따라서 초연생활(超然生活)을 할 생각도 하여 보았읍니다。

그러나 구경(究竟)、萬事가 다 저의 좋아하는 대로 말한 것이오 행한 것입니다。

나는 님을 기다리면서 괴로움을 먹고 살이 접니다。어려움을 입고 키가 큽니다。

나의 貞操는 「自由貞操」입니다。

하나가 되어 주서요

님이여 나의 마음을 가져가랴거든 마음을 가진 나에게서 가져가서요 그
리하여 나로 하여금 님에게서 하나가 되게 하서요。

그렇지 아니하거든 나에게 고통만을 주지 마시고 님의 마음을 다 주
서요 그리고 마음을 가진 님에게서 나에게 주서요 그래서 님으로 하여금
나에게서 하나가 되게 하서요

그렇지 아니하거든 나의 마음을 돌려 보내 주서요 그러고 나에게 고
통을 주서요。

그러면 나는 나의 마음을 가지고 님의 주시는 고통을 사랑하겠읍니다。

26

나룻배와 行人

나는 나룻배

당신은 行人

당신은 흙발로 나를 짓밟읍니다.

나는 당신을 안고 물을 건너갑니다.

나는 당신을 안으면 깊으나 얕으니 급한 여울이나 건너 갑니다.

만일 당신이 아니 오시면 나는 바람을 쐬고 눈비를 마지며 밤에서 낮까지 당신을 기다리고 있읍니다.

당신은 물만 건느면 나를 돌아 보지도 않고 가섯니다 그려.

27

그러나 당신이 언제든지 오실줄만은 알아요。

나는 당신을 기다리면서 날마다 날마다 낡어갑니다。

나는 나룻배

당신은 행인

차라리

님이여 오서요 오시지 아니하랴면 차라리 가서요 오고 오랴다

가는것은 나에게 목숨을 빼앗고 주검도 주지않는 것입니다.

님이여 나를 책망하랴거든 차라리 큰 소리로 말씀하여 주서요 沈默으

로 책망하지 말고 沈默으로 책망하는것은 아픈 마음을 얼음 바늘로 찌

르는 것입니다.

님이여 나를 아니 보랴거든 차라리 눈을 돌려서 감으서요 흐르는 결

눈으로 흘겨 보지 마서요 결눈으로 흘겨보는 것은 사랑의 보(褓)에 가

시의 선물을 싸서 주는 것입니다.

29

나 의 노 래

나의 노래까락의 고저장단은 대중이 없읍니다。

그래서 세속의 노래 곡조와는 조금도 맞지 않습니다。

그러나 나는 나의 노래가 세속 곡조에 맞지 않는 것을 조금도 애달 퍼 하지 않습니다。

나의 노래는 세속의 노래와 다르지 아니하면 아니되는 까닭입니다。

곡조는 노래의 결함(缺陷)을 억지로 調節하랴는 것입니다。

곡조는 不自然한 노내를 사람의 망상(妄想)으로 도막처 놓는 것입니다。

참된 노래의 곡조를 부치는 것은 노래의 自然에 치욕(恥辱)입니다。

님의 얼굴에 단장을 하는 것이 도리어 험이 되는 것과 같이 나의 노래에 곡조를 부치면 도리어 缺點이 됩니다。

30

나의 노래는 사랑의 神을 울립니다.

나의 노래는 處女의 靑春을 쥐짜서 보기도 어려운 맑은 물을 만듭니다.

나의 노래는 님의 귀에 들어가서는 天國의 音樂이 되고 님의 꿈에 들어가서는 눈물이 됩니다.

나의 노래가 산과 들을 지나서 멀리 계신 님에게 들리는줄을 나는 압니다.

나의 노래까락이 바르르 떨다가 소리를 이르지 못할 때에 나의 노래가 님의 눈물겨운 고요한 환상(幻想)으로 들어가서 사라지는 것을 나는 분명히 압니다.

나는 나의 노래가 님에게 들리는 것을 생각할 때에 光榮에 넘치는 나의 적은 가슴은 발발발 떨면서 沈默의 음보(音譜)를 그립니다.

31

당신이 아니더면

당신이 아니더면 포시럽고 매끄럽든 얼굴이 왜 주름살이 접혀요。

당신이 괴롭지만 않다면 언제까지라도 나는 늙지 아니할테야요。

맨 첨에 당신에게 안기든 그때대로 있을테야요。

그러나 늙고 병들고 죽기까지라도 당신 때문이라면 나는 싫지 않어요。

나에게 생명을 주던지 주검을 주던지 당신의 뜻대로만 하서요。

나는 곧 당신이야요。

32

잠 없 는 꿈

나는 어느날 밤에 잠없는 꿈을 꾸었읍니다.

「나의 님은 어데 있어요 나는 님을 보러 가겠읍니다● 님에게 가는 길을 가져다가 나에게 주서요 님이여」

「너의 가랴는 길은 너의 님의 오랴는 길이다● 그 길을 가져다 너에게 주면 너의 님은 올 수가 없다」

「내가 가기만 하면 님은 아니와도 관계가 없읍니다」

「너의 님의 오랴는 길을 너에게 갓다 주면 너의 녀은 다른 길로 오게 된다● 네가 간데도 너의 님을 만날 수가 없다」

「그러면 그 길을 가져다가 나의 님에게 주서요」

「너의 님에게 주는 것이 너에게 주는 것과 같다● 사람마다 저의 길이

33

각각 있는 것이다」

「그러면 어찌하여야 이별한 님을 만나 보겠읍니까」

「네가 너를 가져다가 너의 가라는 길에 주어라。 그리하고 쉬지 말고

가거라」

「그리할 마음은 있지마는 그 길에는 고개도 많고 물도 많습니다。 갈

수가 없읍니다」

검은 「그러면 너의 님을 너의 가슴에 안겨주마」 하고 나의 님을 나

에게 안겨 주었읍니다。

나는 나의 님을 힘껏 껴안었읍니다。

나의 팔이 나의 가슴을 아프도록 다칠 때에 나의 두 팔에 비여진 盧

空은 나의 팔을 뒤에 두고 이어졌읍니다。

生命

닻과 치를 잃고 거친 바다에 표류(漂流)된 적은 生命의 배는 아직 發見도 아니된 黃金의 나라를 꿈꾸는 한줄기 希望이 라침반 羅針盤이 되고 航路가 되고 順風이 되어서 물결의 한끝은 하늘을 치고 다른 물결의 한끝은 땅을 치는 무서운 바다에 배질합니다。

님이여 님에게 받치는 이 적은 生命을 힘껏 껴안어 주서요。

이 적은 生命이 님의 품에서 으서진다 하여도 환희(歡喜)의 영지(靈地)에서 순정(殉情)한 生命의 破片은 最貴한 寶石이 되어서、 쪼각쪼각이 適當히 이어저서 님의 가슴에 사랑의 휘장(徽章)을 걸겠읍니다。

님이여 끝없는 사막(漠沙)에 한가지의 깃들일 나무도 없는 적은 새인 나의 生命을 님의 가슴에 으서지도록 껴안어 주서요。

그리고 부서진 生命의 조각조각에 입맞춰 주서요.

사랑의 측량(測量)

즐겁고 아름다운 일은 量이 많을수록 좋은 것입니다.

그런데 당신의 사랑은 量이 적을수록 좋은가봐요。

당신의 사랑은 당신과 나와 두 사람의 사이에 있는 것입니다。

사랑의 量을 알려면 당신과 나의 距離를 測量할 수 밖에 없읍니다。

그래서 당신과 나의 距離가 멀면 사랑의 量이 많고 距離가 가까우면

사랑의 量이 적을 것입니다。

그런데 적은 사랑은 나를 웃기더니 많은 사랑은 나를 울럽니다。

뉘라서 사람이 멀어지면 사랑도 멀어진다고 하여요。

당신이 가신 뒤로 사랑이 멀어졌으면 날마다 날마다 나를 울리는 것

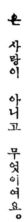

사랑이 아니고 무엇이여요.

진　주（眞珠）

언제인지 내가 바닷가에 가서 조개를 주섰지오。당신은 나의 치마를 걷

어 주섰어오。진흙 묻는다고。

집에 와서는 나를 어린아기 같다고 하섰지오。조개를 주서다가 장난한

다고 그러고 나가시더니 금강석을 사다주섰읍니다 당신이。

나는 그때에 조개 속에서 진주를 얻어서 당신의 적은 주머니에 넣드

렸읍니다。

당신이 어디 그 진주를 가지고 계서요、잠시라도 왜 남을 빌려 주서요。

39

슬픔의 三昧(삼매)

하늘의 푸른 빛과 같이 깨끗한 주검은 군동(群動)을 정화(淨化)합니다.

허무(虛無)의 빛(光)인 고요한 밤은 大地(대지)에 君臨(군림)하였습니다.

힘없는 촛불 아래에 사릿드리고 외로히 누어 있는 오오 님이여

눈물의 바다에 꽃배를 띄웠읍니다.

꽃배는 님을 싣고 소리도 없이 가려 앉었읍니다.

나는 슬픔의 三昧(삼매)에 「我空(아공)」이 되었읍니다.

꽃향기의 무르녹은 안개에 醉(취)하여 靑春(청춘)의 曠野(광야)에 비틀걸음 치는 美人(미인)

이여

주검을 기려기 털보다도 가벼웁게 여기고 가슴에서 타오르는 불꽃을 얼

40

술처럼 마시는 사랑의 狂人기여

아아 사랑에 병들어 自己의 사랑에게 自殺을 권고(勸告)하는 사랑의

失敗者여 그대는 滿足한 사랑을 받기 위하여 나의 팔에 안겨요。

나의 팔은 그대의 사랑의 分身인줄을 그대는 왜 모르서요。

의심하지 마서요

의심하지 마서요。 당신과 떨어저 있는 나에게 조금도 의심을 두지 마서요。

의심을 둔대야 나에게는 별로 관계가 없으나 부질없이 당신에게 苦痛의 數字만 더할 뿐입니다。

나는 당신의 첫사랑의 팔에 안길 때에 온갖 거짓의 옷을 다 벗고 세상에 나온 그대로의 발가벗은 몸을 당신의 앞에 놓았습니다。 지금까지도 당신의 앞에는 그 때에 놓아둔 몸을 그대로 받들고 있읍니다。

만일 人爲가 있다면 「어찌하여야 첨 마음을 변치않고 끝끝내 거짓없는

42

몸을 「님에게 받철고」 하는 마음 뿐입니다.

당신의 命令이라면 生命의 옷까지도 벗겠읍니다.

나에게 죄가 있다면 당신을 그리워하는 나의「슬픔」입니다.

당신이 가실 때에 나의 입술에 수가 없이 입맞추고 「부대 나에게 대

하여 슬퍼하지 말고 잘 있으라」고 한 당신의 간절한 부탁에 違反되는

까닭입니다.

그러나 그것만은 용서하여 주서요.

당신을 그리워하는 슬픔은 곧 나의 生命인 까닭입니다.

만일 용서하지 아니하면 後日에 그에 대한 罰을 風雨의 봄새벽의 落

花의 數만치라도 받겠읍니다.

당신의 사랑의 동아줄에 휘감기는 體刑도 사양치 않겠읍니다。

당신의 사랑의 혹법(酷法)아래에 일만가지로 服從하는 自由刑도 받겠습니다。

그러나 당신이 나에게 의심을 두시면 당신의 의심의 허물과 나의 슬픔의 죄를 맞비기고 말겠읍니다。

당신에게 떨어져 있는 나에게 의심을 두지 마서요。부질없이 당신에게 苦痛의 數字를 더하지 마서요。

당 신 은

당신은 나를 보면 왜 늘 웃기만 하서요。 당신의 찡그리는 얼굴을 좀

보고 싶은데

나는 당신을 보고 찡그리기는 싫여요。 당신은 찡그리는 얼굴을 보기싫

여 하실줄을 압니다。

그러나 떨어진 도화가 날러서 당신의 입술을 스칠 때에 나는 이마가

찡그려지는줄도 모르고 울고 싶었읍니다。

그래서 금실로 수놓은 수건으로 얼굴을 가렷읍니다。

45

幸福

나는 당신을 사랑하고 당신의 행복을 사랑합니다. 나는 온 세상 사람이 당신을 사랑하고 당신의 행복을 사랑하기를 바랍니다.

그러나 정말로 당신을 사랑하는 사람이 있다면 나는 그 사람을 미워하겠읍니다.

당신을 미워하는 것은 당신을 사랑하는 마음의 한 부분입니다.

그러므로 그 사람을 미워하는 고통도 나에게는 행복입니다.

만일 온 세상 사람이 당신을 미워한다면 나는 그 사람을 얼마나 미워하겠읍니까.

만일 온 세상 사람이 당신을 사랑하지도 않고 미워하지도 않는다면 그것은 나의 일생에 견딜 수 없는 불행입니다.

46

만일 원 세상 사람이 당신을 사랑하고자 하여 나를 미워한다면 나의

행복은 더 클 수가 없습니다。

그것은 모든 사람의 나를 미워하는 怨恨의 豆滿江이 깊을수록 내가 당

신을 사랑하는 幸福의 白頭山이 높아지는 까닭입니다。

착 인(錯認)

내려오서요 나의 마음이 자릿자릿 하여요 곧 내려 오서요.

사랑하는 님이여 어찌 그렇게 놓고 같은 나무가지 위에서 춤을 추서요.

두 손으로 나무가지를 단단히 붙들고 고히고히 내려오서요.

에그 저 나무 잎새가 연꽃 봉오리 같은 입술을 스치겠네 어서 내려오서요.

「녜 녜 내려가고 싶은 마음이 잠자거나 죽은 첫은 아넙니다마는 나는 아시는 바와 같이 여러 사람의 님인 때문이여요. 향기로운 부르심을 거스리고자 하는 첫은 이넙니다」고 버들가지에 걸린 반달은 해죽해죽 우스면서 이렇게 말하는듯 하였읍니다.

48

나는 적은 풀닢만치도 가림이 없는 발가벗은 부끄럼을 두 손으로 움켜 쥐고 빠른 걸음으로 잠짜리에 들어가서 눈을 감고 누었읍니다.

내려오지 않는다든 반달이 사쁜사쁜 걸어와서 창밖에 숨어서 나의 눈을 엿봅니다.

부끄럽든 마음이 갑자기 무서워서 떨려집니다.

밤은 고요하고

밤은 고요하고 방은 물로 씻친듯 합니다.

이불은 개인채로 옆에 놓아두고 화롯불을 다듬거리고 앉았읍니다.

밤은 얼마나 되었는지 화롯불은 꺼저서 찬재가 되었읍니다.

그러나 그를 사랑하는 나의 마음은 오히려 식지 아니 하였읍니다.

닭의 소리가 채 나기전에 그를 만나서 무슨 말을 하였는데 꿈조차 분
명치 않읍니다 그려.

50

秘密

秘密입니까 秘密이라니요 나에게 무슨 秘密이 있겠읍니까。

나는 당신에게 대하여 秘密을 지키라고 하였읍니다마는 秘密은 야속히

도 지켜지지 아니하였읍니다。

나의 秘密은 눈물을 거쳐서 당신의 시각(視覺)으로 들어갔읍니다。

나의 秘密은 한숨을 거쳐서 당신의 청각(聽覺)으로 들어갔읍니다。

나의 秘密은 떨리는 가슴을 거쳐서 당신의 촉각(觸覺)으로 들어갔읍니다。

그 밖에 秘密은 한 조각 붉은 마음이 되어서 당신의 꿈으로 들어갔읍니다。

그러고 마지막 秘密은 하나 있읍니다。 그러나 그 秘密은 소리없는 매

아리와 같아서 表現할 수가 없읍니다。

사랑의 存在

사랑을 「사랑」이라고 하면 벌써 사랑은 아닙니다。

사랑을 이름지을만한 말이나 글이 어데 있읍니까。

微笑에 눌려서 괴로운듯한 장미빛 입술인들 그것을 스칠 수가 있읍니까。

눈물의 뒤에 숨어서 슬픔의 흑암면(黑闇面)을 反射하는 가을 물결의 눈

인들 그것을 비칠 수가 있읍니까。

그림자 없는 구름을 거쳐서 매아리 없는 絶壁을 거쳐서 마음이 갈수

없는 바다를 거쳐서 存在? 存在입니다。

그 나라는 國境이 없읍니다。壽命은 時間이 아닙니다。

사랑의 存在는 님의 눈과 님의 마음도 알지 못합니다。

사랑의 秘密은 다만 님의 手巾에 수(繡)놓는 바늘과 님의 심으신 꽃

나무와 님의 잠과 詩人의 상상(想像)과 그들만이 압니다.

꿈과 근심

밤근심이 하 길기에
꿈도 길줄 알았더니

님을 보러 가는 길에
반도 못가서 깨었고나

새벽 꿈이 하 짜르기에
근심도 짜를줄 알았더니

근심에서 근심으로
끝간데를 모르겠다

54

만일 님에게도

꿈과 근심이 있거든

차라리

근심이 꿈되고 꿈이 근심되어라

포도주(葡萄酒)

가을 바람과 아침 볕에 마치맞게 익은 향기로운 포도를 따서 술을 비졌읍니다. 그 술 고이는 향기는 가을 하늘을 물들였읍니다.

님이여 그 술을 연잎잔에 가득히 부어서 님에게 드리겠읍니다.

님이여 떨리는 손을 거쳐서 타오르는 입술을 추기서요.

님이여 그 술은 한밤을 지나면 눈물이 됩니다.

아아 한밤을 지나면 포도주가 눈물이 되지마는 또 한밤을 지나면 나의 눈물이 다른 포도주가 됩니다. 오오 님이여.

56

비 방(誹謗)

세상은 誹謗도 많고 시기(猜忌)도 많습니다。

당신에게 誹謗과 시기(猜忌)가 있을지라도 關心치 마서요。

誹謗을 좋아하는 사람들은 太陽에 黑點이 있는 것도 다행으로 생각합니다。

당신에게 대하여는 誹謗할 것이 없는 그것을 誹謗할는지 모르겠습니다。

조는 사자(獅子)를 죽은 양이라고 할지언정 당신이 시련(試鍊)을 받기 위하여 盜賊에게 捕虜가 되었다고 그것을 비겁(卑劫)이라고 할 수는 없습니다。

달빛을 갈꽃으로 알고 흰모래 위에서 갈매기를 이웃하여 잠자는 기러기를 음란하다고 할지언정 正直한 당신이 교활(狡猾)한 유혹(誘惑)에 속

어서 靑樓에 들어 갔다고 당신을 持操(持操)가 없다고 할 수는 없읍니다.

당신에게 誹謗과 시기(猜忌)가 있을지라도 關心치 마서요.

58

「?」

희미한 졸음이 활발한 님의 발자최 소리에 놀나 깨어 무거운 눈썹을

이기지 못하면서 창을 열고 내다 보았읍니다。

동풍에 몰리는 소낙비는 산 모롱이를 지나가고 뜰앞에 파초님 위에 빗

소리의 남은 音波가 그네를 뜁니다。

感情과 이지(理智)가 마주치는 찰라(刹那)에 人面의 악마(惡魔)와 수심

(獸心)의 天使가 보이랴다 사라집니다。

흔들어 빼는 님의 노래까락에 첫 잠든 어린 잔나비의 애처로운 꿈이

꽃 떨어지는 소리에 깨었읍니다。

죽은 밤을 지키는 외로운 등잔불의 구슬꽃이 제 무게를 이기지 못

59

하여 고요히 떨어집니다。

미친불에 타오르는 불쌍한 영(靈)은 絕望의 北極에서 新世界를 탐험(探險)합니다。

사막(沙漠)의 꽃이여 그믐밤의 滿月이여 님의 얼굴이여

피려는 장미화(薔薇花)는 아니라도 갈지안한 白玉인 순결(純潔)한 나의

입술은 微笑에 목욕(沐浴)감는 그 입술에 채 닿지 못하였읍니다。

움직이지 않는 달빛에 눌리운 창에는 저의 털을 가다듬는 고양이의 그

림자가 오르락내리락 합니다。

아아 불(佛)이냐 마(魔)냐 인생이 티끌이냐 꿈이 黃金이냐

적은 새여 바람에 흔들리는 약한 가지에서 잠자는 적은 새여。

님 의 손 길

님의 사랑은 鋼鐵을 녹이는 불보다도 뜨거운데 님의 손길은 너무 차서 限度가 없습니다.

나는 이 세상에서 서늘한 것도 보고 찬 것도 보았습니다。 그러나 님의 손길 같이 찬 것은 볼 수가 없습니다。

국화 핀 서리아침에 떨어진 잎새를 울리고 오는 가을 바람도 님의 손길 보다는 차지 못합니다。

달이 적고 별에 뿔나는 겨울밤에 얼음위에 쌓인 눈도 님의 손길보다는 차지 못합니다。

감로(甘露)와 같이 청양(清涼)한 선사(禪師)의 說法도 님의 손길보다는

61

차지 못합니다。

나의 적은 가슴에 타오르는 불꽃은 님의 손길이 아니고는 끄는 수가 없읍니다。

님의 손길의 溫度를 측량(測量)할만한 한난계(寒暖計)는 나의 가슴 밖에는 아무데도 없읍니다。

님의 사랑은 불보다도 뜨거워서 근심山을 태우고 한(恨)바다를 말니는데

님의 손길은 너무도 차서 限度가 없읍니다。

해당화(海棠花)

당신은 해당화 피기전에 오신다고 하였읍니다。 봄은 벌써 늦었읍니다。

봄이 오기 전에는 어서 오기를 바랐더니 봄이 오고 보니 너무 일쯕 왔나 두려합니다。

철모르는 아이들은 뒷동산에 해당화가 피었다고 다투어 말하기로 듣고

도 못드른체 하였더니

야속한 봄바람은 나는 꽃을 불어서 경대위에 노입니다 그려。

시름없이 꽃을 주어서 입술에 대이고 「너는 언제 피었니」 하고 물었 읍니다。

꽃은 말도 없이 나의 눈물에 비쳐서 둘도 되고 셋도 됩니다。

63

당신을 보았읍니다

당신이 가신 뒤로 나는 당신을 잊을 수가 없읍니다.

까닭은 당신을 위하느니보다 나를 위함이 많습니다.

나는 갈고 심을 땅이 없으므로 秋收가 없읍니다.

저녁꺼리가 없어서 조나 감자를 꾸려 이웃집에 갔더니 主人은 「거지는 人格이 없다 人格이 없는 사람은 생명이 없다 너를 도아주는 것은 罪惡이다」고 말하였읍니다.

그 말을 듣고 돌아 나올 때에 쏟아지는 눈물속에서 당신을 보았읍니다.

나는 집도 없고 다른 까닭을 겸하여 민적(民籍)이 없읍니다.

「民籍 없는 者는 人權이 없다 人權이 없는 너에게 무슨 貞操냐」하

고 능욕(凌辱)하랴는 將軍이 있었읍니다.

그를 항거(抗拒)한 뒤에 남에게 대한 격분(激憤)이 스스로의 슬픔으로

化하는 찰나(刹那)에 당신을 보았읍니다.

아아 온갖 倫理、道德、法律은 칼과 黃金을 제사(祭祀) 지내는 연기(烟

氣)인줄을 알었읍니다.

永遠의 사랑을 받을까 人間歷史의 첫페이지에 잉크칠을 할까 술을 마실까

망서릴 때에 당신을 보았읍니다.

65

비

비는 가장 큰 권위(權威)를 가지고 가장 좋은 機會를 줍니다。

비는 해를 가리고 하늘을 가리고 세상사람의 눈을 가립니다。

그러나 비는 번개와 무지개를 가리지 않습니다。

나는 번개가 되어 무지개를 타고 당신에게 가서 사랑의 팔에 감기고자 합니다。

비오는 날 가만히 가서 당신의 沈默을 가저온대도 당신의 主人은 알 수가 없읍니다。

만일 당신이 비오는 날에 오신다면 나는 蓮닢으로 윗옷을 지어서 보

내겠읍니다。

당신이 비오는 날에 蓮닢 옷을 입고 오시면 이 세상에는 알 사람이 없읍니다。

당신이 빗가운데로 가만히 오서서 나의 눈물을 가져가신대도 永遠한 秘密이 될 것입니다。

비는 가장 큰 權威를 가지고 가장 좋은 機會를 줍니다。

服從

남들은 自由를 사랑한다지마는 나는 服從을 좋아하여요。

自由를 모르는 것은 아니지만 당신에게는 服從만 하고 싶어요。

服從하고 싶은데 服從하는 것은 아름다운 自由보다도 달금합니다。 그것

이 나의 幸福입니다。

그러나 당신이 나더러 다른 사람을 服從하라면 그것만은 服從할 수가

없읍니다。

다른 사람을 服從하라면 당신에게 服從할 수는 없는 까닭입니다。

참어 주서요

나는 당신을 이별하지 아니할 수가 없읍니다, 님이여 나의 이별을 참어 주서요.

당신은 고개를 넘어갈 때에 나를 돌아보지 마서요. 나의 몸은 한 적은 모래 속으로 들어가랴 합니다.

님이여 이별을 참을 수가 없거든 나의 주검을 참어 주서요.

나의 生命의 배는 부끄럽의 땀의 바다에서 스스로 폭침(爆沈)하랴합니다.

당 님이여 님의 입김으로 그것을 불어서 속히 잠기게 하여주서요 그리고 그것을 우서 주서요.

69

님이여 나의 주검을 참을 수가 없거든 나를 사랑하지 말어주서요。그

리하고 나로 하여금 당신을 사랑할 수가 없도록 하여주서요。

나의 몸은 터럭 하나도 빼지 아니한채로 당신의 품에 사라지겠읍니다。

님이여 당신과 내가 사랑의 속에서 하나가 되는 것을 참어주서요。그

리하여 당신은 나를 사랑하지 말고 나로 하여금 당신을 사랑할 수가 없

도록 하여주서요。오오 님이여。

어느것이 참이냐

엷은 紗의 帳幕이 적은 바람에 휘둘려서 處女의 꿈을 휩싸듯이 자최도 없는 당신의 사랑은 나의 靑春을 휘감읍니다.

발딱어리는 어린 피는 고요하고 맑은 天國의 音樂에 춤을 추고 헐떡이는 적은 靈은 소리없이 떨어지는 天花의 그늘에 잠이듭니다.

가는 봄비가 드린 버들에 둘려서 푸른 연기가 되듯이 끌고 없는 당신의 情실이 나의 잠을 얽읍니다.

바람을 딸어가려는 짜른 꿈은 이불 안에서 몸부림치고 강건너 사람을 부르는 바쁜 잠꼬대는 목안에서 그네를 뜁니다.

71

비 껴 달빛이 이슬에 저진 꽃수풀을 싸락 처럼 부시듯이 당신의 떠난

恨은 드는 칼이 되어서 나의 애를 도막도막 끊어 놓았읍니다。

문밖에 시냇물은 물결을 보태려고 나의 눈물을 받으면서 흐르지 않습니다。

봄동산의 미친 바람은 꽃 떨어뜨리는 힘을 더하려고 나의 한숨을 기다리고 섰읍니다。

72

정천한해(情天恨海)

가을 하늘이 높다기로
情하늘을 따를소냐
봄바다가 깊다기로
恨바다만 못하리라

높고 높은 情하늘이
싫은 것은 아니지만
손이 낮어서
오르지 못하고
깊고 깊은 恨바다가

병될 것은 없지마는
다리가 짤러서
건느지 못한다

손이 자라서 오를수만 있으면
情하늘은 놉흘쑤록 아름답고
다리가 길어서 건늘수만 있으면
恨바다는 깊을쑤록 묘하니라

만일 情하늘이 무너지고 恨바다가 마른다면
차라리 정천(情天)에 떨어지고 한해(恨海)에 빠지리라

아아 情하늘이 높은줄만 알었더니

님이 이마보다는 낮다

아아 恨바다가 깊은줄만 알었더니

님의 무릎보다는 얕다

손이야 낮든지 다리야 짜르든지

情하늘에 오르고 恨바다를 건느려면

님에게만 안기리라

75

첫 「키쓰」

마서요 제발 마서요

보면서 못보는체 마서요

마서요 제발 마서요

입술을 다물고 눈으로 말하지 마서요

마서요 제발 마서요

뜨거운 사랑에 우수면서 차디찬 잔부끄럼에 울지마서요

마서요 제발 마서요

世界의 꽃을 혼자 따면서 항분(亢奮)에 넘쳐서 떨지 마서요

마서요 제발 마서요

微笑는 나의 運命의 가슴에서 춤을 춥니다 새삼스럽게 시스러워 마서요

76

선사(禪師)의 설법(說法)

나는 禪師의 說法을 들었읍니다.

「너는 사랑의 쇠사슬에 묶여서 苦痛을 받지 말고 사랑의 줄을 끊어다 그러면 너의 마음이 질거우리라」고 禪師는 큰소리로 말하였읍니다.

그 禪師는 어지간히 어리석읍니다.

사랑의 줄에 묶기운 것이 아프기는 아프지만 사랑의 줄을 끊으면 죽는 것보다도 더 아픈줄을 모르는 말입니다.

사랑의 속박(束縛)은 단단히 얽어매는 것이 풀어주는 것입니다.

그러므로 대해탈(大解脫)은 속박(束縛)에서 얻는 것입니다.

님이여 나를 얽은 님의 사랑의 줄이 약할가봐서 나의 님을 사랑하는

77

줄을 곱드렸읍니다.

그를 보내며

그는 간다 그가 가고 싶어서 가는 것도 아니오 내가 보내고 싶어서

보내는 것도 아니지만 그는 간다.

그의 붉은 입술 흰니 가는 눈썹이 어여쁜줄만 알었더니 구름 같은 뒷

머리 실버들 같은 허리 구슬같은 발꿈치가 보다도 아름답습니다.

걸음이 걸음보다 멀어지더니 보이랴다 말고 말랴다 보인다.

사람이 멀어질쑤록 마음은 가까워지고 마음이 가까워질쑤록 사람은 멀

어진다.

보이는 듯한 것이 그의 흔드는 수건인가 하였더니 갈매기보다도 적은

조각구름이 난다.

79

金剛山

萬二千峯! 무양(無恙)하냐 金剛山아

너는 너의 님이 어데서 무엇을 하는지 아너냐。

너의 님은 너 때문에 가슴에서 타오르는 불꽃에 온갖 宗敎、哲學、名
譽、財産 그 외에도 있으면 있는대로 태여버리는줄을 너는 모르리라。

너는 못에 붉은 것이 너냐

너는 잎에 푸른 것이 너냐

너는 丹楓에 醉한 것이 너냐

너는 白雪에 깨인 것이 너냐

나는 너의 沈默을 잘 안당。

너는 철모르는 아이들에게 종작없는 讚美를 받으면서 싯븐 웃음을 참고

고요히 있는눈물을 나는 잘 안당。

그러나 너는 天堂이나 地獄이나 하나만 가지고 있으려므나

꿈없는 잠처럼 깨끗하고 單純하란 말이다。

나도 짜른 갈궁이로 江건너의 꼿을 꺾는다고 큰말하는 미친 사람은 아

너다。그래서 沈着하고 單純하랴고 한다。

나는 너의 입김에 불려오는 쪼각구름에 「키쓰」한다。

萬二千峯! 무양(無恙)하냐 金剛山아

너는 너의 님이 어데서 무엇을 하는지 모료지。

님의 얼굴을 「어여쁘」다고 하는 말은 適當한 말이 아닙니다。

어여쁘다는 말은 人間사람의 얼굴에 대한 말이오 님은 人間의 것이타고 할 수가 없을만치 어여쁜 까닭입니다。

自然은 어찌하여 그렇게 어여쁜 님을 人間으로 보냈는지 아무리 생각하여도 알 수가 없읍니다。

알겠읍니다。自然의 가운데에는 님의 짝이 될만한 무엇이 없는 까닭입니다。

님의 입술같은 蓮꽃이 어데있어요 님의 살빛 같은 白玉이 어데있어요。

봄 湖水에서 님의 눈결 같은 잔물결을 보았읍니까 아침볕에서 님의 微

笑음은 芳香을 물었읍니까。

天國의 音樂은 님의 노래의 反響(反響)입니다。 아름다운 별들은 님의 눈

빛의 化現입니다。

아아 나는 님의 그림자여요

님은 님의 그림자 밖에는 비길만한 것이 없읍니다。

님의 얼굴을 어여쁘다고 하는 말은 適當한 말이 아닙니다。

83

심 은 버 들

버들을 꺾어 말채찍을 하였읍니다.

님은 가실 때에

님의 말을 매렀드니

돌잎에 버들을 심어

버들마다 채찍이 되어서

님을 따르는 나의 말도 채칠까 하였드니

남은가지 千萬絲는

해마다 해마다 보낸 恨을 잡어맵니다.

84

樂園은 가시덤불에서

죽은줄 알었든 매화나무가지에 구슬같은 꽃방울을 맺혀주는 쇠잔한 눈

위에 가만히 오는 봄기운은 아름답기도 합니다.

그러나 그 밖에 다른 하늘에서 오는 알 수 없는 향기는 모든 꽃의

주검을 가지고 다니는 쇠잔한 눈이 주는줄을 아십니까.

구름은 가늘고 시냇물은 얇고 가을 산은 비었는데 파리한 바위사이에

싫것 붉은 단풍은 곱기도 합니다.

그러나 단풍은 노래도 부르고 울음도 웁니다. 그러한 「自然의 人生」은

가을 바람의 꿈을 따러 사라지고 記憶에만 남어있는 지난 여름의 무르

녹은 綠陰이 주는줄을 아십니까.

一莖草가　丈六金身이　되고　丈六金身이　一莖草가　됩니다.

天地는　한　보금자리오　萬有는　같은　小鳥입니다.

나는　自然의　거울에　人生을　비처　보았읍니다.

苦痛의　가시덤불　뒤에　歡喜의　樂園을　建設하기　위하여　님을　떠난　나

는

아아　幸福입니다.

참말인가요

그것이 참말인가요 님이여 속임없이 말씀하여 주서요。

당신을 나에게서 빼앗어간 사람들이 당신을 보고「그대는 님이 없다」

고 하였다지오。

그래서 당신은 남모르는 곳에서 울다가 남이 보면 울음을 웃음으로 변

한다지오。

사람의 우는 것은 견딜 수가 없는 것인데 울기조차 마음대로 못하고

웃음으로 변하는것은 주검의 맛보다도 더 쓴 것입니다。

그러면 나는 그것을 변명하지 않고는 견딜 수가 없읍니다。

나의 생명의 꽃가지를 있는대로 꺾어서 花環을 만들어 당신의 목에 걸

고「이것이 님의 님이라」고 소리쳐 말하겠읍니다。

87

그것이 참말인가요 님이여 속임없이 말씀하여 주서요。

당신을 나에게서 빼앗어간 사람들이 당신을 보고 「그대의 님은 우리가 구하여 준다」고 하였다지요。

그래서 당신은 「獨身生活을 하겠다」고 하였다지요。

그러면 나는 그들에게 분풀이를 하지 않고는 견딜 수가 없읍니다。

맞지 않은 나의 괴름 더운 눈물에 섞어서 피에 목마른 그들의 칼에

뿌리고 「이것이 님의 님이라」고 울음섞어서 말하겠읍니다。

88

꽃이 먼저 알어

옛집을 떠나서 다른 시골에 봄을 만났읍니다。

꿈은 이따금 봄바람을 따아서 아득한 옛터에 이릅니다。

지팽이는 푸르고 푸른 풀빛에 무처서 그림자와 서로 따릅니다。

길가에서 이름도 모르는 꽃을 보고서 행여 근심을 잊을까 하고 앉었

읍니다。

꽃송이에는 아침 이슬이 아직 마르지 아니한가 하였더니 아아 나의 눈

물이 떨어진줄이야 꽃이 먼저 알었읍니다。

찬 송(讚頌)

님이여 당신은 百番(백번)이나 단련(鍛鍊)한 金(금)결입니다

뽕나무 뿌리가 산호(珊瑚)가 되도록 天國(천국)의 사랑을 받읍소서

님이여 사랑이여 아침볕의 첫걸음이어

님이여 당신은 義(의)가 무거웁고 黃金(황금)이 가벼운 것을 잘 아십니다

거지의 거친 밭에 福(복)의 씨를 뿌리읍소서

님이여 사랑이여 옛 오동(梧桐)의 숨은 소리여

님이여 당신은 봄과 光明(광명)과 平和(평화)를 좋아하십니다

弱者(약자)의 가슴에 눈물을 뿌리는 자비(慈悲)의 보살(菩薩)이 되옵소서

90

님이여. 사랑이여 얼음바다에 봄바람이여

論介의 愛人이 되어서 그의 묘(廟)에

낮과 밤으로 흐르고 흐르는 南江은 가지 않습니다。

바람과 비에 우두커니 섰는 촉석루(矗石樓)는 살같은 光陰을 닭아서 달기는 썩지 않는다。

論介여 나에게 울음과 웃음을 동시에 주는 사랑하는 論介여

그대는 朝鮮의 무덤가운대 피였는 좋은 꽃의 하나이다。그래서 그 향

음칠 칩니다。

나는 詩人으로 그대의 愛人이 되였노라

그대는 어데 있너뇨 죽지 않는 그대가 이 세상에는 없고나

나는 黃金의 칼에 베혀진 꽃과같이 향기롭고 애처로운 그대의 當年을

回燼한다。

순향기에 목마친 고요한 노래는 옥(獄)에 무친 썩은 칼을 울렸다。

춤추는 소매를 안고 도는 무서운 찬바람은 鬼神나라의 꽃수풀을 거처서

떨어지는 해를 얼렸다。

가날핀 그대의 마음은 비록 沈着하였지만 떨리는 것보다도 며욱 무서

웠다。

아름답고 無毒한 그대의 눈은 비록 웃었지만 우는것 보다도 며욱 슬펐다。

붉은듯 하다가 푸르고 푸른듯 하다가 회어지며 가늘게 떨리는 그대의

입술은 웃음의 朝雲이냐 울음의 暮雨이냐 새벽달의 秘密이냐 이슬 꽃의

상징(象徵)이냐。

빠비갈은 그대의 손에 꺾기우지 못한 落花臺의 남은 꽃은 부고럼에 醉

하여 얼굴이 붉었다。

玉갈은 그대의 발꿈치에 밟히운 江언적의 묵은 이끼는 교공(驕矜)에 넘

쳐서 푸른 사롱(紗籠)으로 自己의 題名을 가리었다。

아아 나는 그대도 없는 빈무덤 같은 집을 그대의 집이라고 부릅니다。

만일 이름뿐이나마 그대의 집도 없으면 그대의 이름을 불러볼 機會가

없는 까닭입니다。

나는 꽃을 사랑합니다마는 그대의 집에 피어있는 꽃을 꺾을 수는 없

읍니다。

그대의 집에 피어있는 꽃을 꺾으려면 나의 창자가 먼저 꺾어지는 까

닭입니다。

나는 꽃을 **사랑합니다** 마는 그대의 집에 꽃을 심을 **수는** 없읍니다。

그대의 **집에** 꽃을 심으려면 나의 가슴에 가시가 먼저 심어지는 까닭

94

입니다。

容恕하여요 論介여 金石같은 굳은 언약을 저바린 것은 그대가 아니오

나입니다。

容恕하여요 論介여 쓸쓸하고 호젓한 잠짜리에 외로히 누어서 끼친 恨

에 울고 있는 것은 내가 아니오 그대입니다。

나의 가슴에 「사랑」의 글짜를 黃金으로 새겨서 그대의 사당(祠堂)에 記

念비를 세운들 그대에게 무슨 위로가 되오리까。

나의 노래에 「눈물」의 曲調를 락인(烙印)으로 찍어서 그대의 사당에 제

종(祭鍾)을 울린대도 나에게 무슨 속죄(贖罪)가 되오리까。

나는 다만 그대의 遺言대로 그대에게다 하지 못한 사랑을 永遠히 다

른 女子에게 주지 아니할 뿐입니다。그것은 그대의 얼굴과 같이 잇을 수

95

가 없는 盟誓입니다。

容恕하여요　論介여　그대가　容恕하면　나의　罪는　神에게　참회(懺悔)를　아

니한　대도　사라지겠습니다。

千秋에　죽지　않는　論介여

하루도　살수　없는　論介여

그대를　사랑하는　나의　마음이　얼마나　질거우며　얼마나　슬프겠는가

나는　웃음이　제워서　눈물이　되고　눈물이　제워서　웃음이　됩니다。

容恕하여요　사랑하는　오오　論介여

96

후 회(後悔)

당신이 계실 때에 알뜰한 사랑을 못하였읍니다。

사랑보다 믿음이 많고 질거움보다 조심이 더하였읍니다。

게다가 나의 性格이 냉담(冷淡)하고 더구나 가난에 쫓겨서 병들어 누운 당신에게 도리어 소활(疏濶)하였읍니다。

그러므로 당신이 가신 뒤에 떠난 근심보다 뉘우치는 눈물이 많습니다。

97

사랑하는 까닭

내가 당신을 사랑하는 것은 까닭이 없는 것이 아닙니다.

다른 사람들은 나의 紅顔만을 사랑하지마는 당신은 나의 白髮도 사랑

하는 까닭입니다.

내가 당신을 그리워하는 것은 까닭이 없는 것이 아닙니다.

다른 사람들은 나의 微笑만을 사랑하지마는 당신은 나의 눈물도 사랑

하는 까닭입니다.

내가 당신을 기다리는 것은 까닭이 없는 것이 아닙니다.

다른 사람들은 나의 健康만을 사랑하지마는 당신은 나의 주검도 사랑

하는

까닭입니다。

당신의 편지

당신의 편지가 왔다기에 꽃밭 매든 호미를 놓고 떼어 보았읍니다.

그 편지는 글씨는 가늘고 글줄은 많으나 사연은 간단합니다.

만일 님이 쓰신 편지이면 글은 짧을지라도 사연은 길터인데.

당신의 편지가 왔다기에 바느질 그릇을 치어놓고 떼어 보았읍니다.

그 편지는 나에게 잘 있느냐고만 묻고 언제 오신다는 말은 조금도 없읍니다.

만일 님이 쓰신 편지이면 나의 일은 묻지 않더래도 언제 오신다는 말을 먼저 썻을터인데.

100

당신의 편지가 왔다기에 약을 다리다 말고 떼어 보았읍니다。

그 편지는 당신의 住所는 다른 나라의 軍艦입니다。

만일 님이 쓰신 편지이면 남의 軍艦에 있는 것이 事實이라 할지라도

편지에는 軍艦에서 떠났다고 하였을터인데。

101

거짓 이별

당신과 나와 이별한 때가 언제인지 아십니까

가령 우리가 좋을때로 말하는 것과 같이 거짓 이별이라 할지라도 나

의 입술이 당신의 입술에 닿지 못하는 것은 事實입니다

이 거짓 이별은 언제나 우리에게서 떠날 첫인가요

한해 두해 가는 것이 얼마 아니 된다고 할 수가 없읍니다

시들어가는 두 볼의 桃花가 無情한 봄바람에 몇번이나 스쳐서 落花가

될까요

灰色이 되어가는 두 귀밑의 푸른 구름이 쪼이는 가을볕에 얼마나 바래

서 白雪이 될까요

102

머리는 희여가도 마음은 붉어갑니다

피는 식어가도 눈물은 더워갑니다

사랑의 언덕엔 사태가 나도 希望의 바다엔 물결이 뛰놀아요

이른바 거짓 이별이 언제든지 우리에게서 떠날줄만은 알어요

그러나 한손으로 이별을 가지고 가는 날(日)은 또 한손으로 주검을 가

지고 와요

꿈 이 라 면

사랑의 속박(束縛)이 꿈이라면

出世의 해탈(解脫)도 꿈입니다。

웃음과 눈물이 꿈이라면

無心의 光明도 꿈입니다。

一切萬法이 꿈이라면

사랑의 꿈에서 不滅을 얻겠읍니다。

달을 보며

달은 밝고 당신이 하도 그리웠습니다.

자던 옷을 고쳐 입고 뜰에나와 퍼지르고 앉아서 달을 한참 보았습니다.

달은 차차차 당신의 얼굴이 되더니 넓은 이마 둥근 코 아름다운 수염이 역력히 보입니다.

간해에는 당신의 얼굴이 달로 보이더니 오늘 밤에는 달이 당신의 얼굴이 됩니다.

당신의 얼굴이 달이기에 나의 얼굴도 달이 되었습니다.

나의 얼굴은 그믐달이 된줄을 당신이 아십니까.

아아 당신의 얼굴이 달이기에 나의 얼굴도 달이 되었읍니다。

인 과 율(因果律)

당신은 옛盟誓를 깨치고 가십니다。

당신의 盟誓는 얼마나 참되었습니까 그 盟誓를 깨치고 가는 이별은 믿을 수가 없읍니다。

참 盟誓를 깨치고 가는 이별은 옛盟誓로 돌아올줄을 압니다。그것은 嚴肅한 因果律입니다。

나는 당신과 떠날 때에 입맞춘 입술이 마르기전에 당신이 돌아와서 다시 입맞추기를 기다립니다。

그러나·당신의 가시는 것은 옛盟誓를 깨치려는 故意가 아닌줄을 나는 압니다。

비겨 당신이 지금의 이별을 永遠히 깨치지 않는다 하여도 당신의 最

後의 접촉(接觸)을 받은 나의 입술을 다른 男子의 입술에 대일수는 없읍

니다.

잡 교 대

사랑이라는 것은 다 무엇이냐 진정한 사랑에게는 눈물도 없고 웃음도 없는 것이다.

사랑의 뒤웅박을 발낄로 차서 깨뜨려 버리고 눈물과 웃음을 티끌속에 합장(合葬)을 하여라.

이지(理智)와 감정을 두드려 깨처서 가루를 만드러 버려라.

그러고 虛無의 絶頂에 올라가서 어지럽게 춤추고 미치게 노래하여라.

그러고 愛人과 악마(惡魔)를 똑같이 술을 먹여라.

그러고 천치가 되던지 미치광이가 되던지 산송장이 되던지 하여버려라.

그래 너는 죽어도 사랑이라는 것은 버릴 수가 없단 말이냐.

그렇거든 사랑의 꽁문이에 모롯대를 달어라.

그래서 네멋대로 묶고 돌아 다니다가 쉬고 싶거든 쉬고 자고 싶거든

자고 살고 싶거든 살고 죽고 싶거든 죽어라.

사랑의 발바닥에 말목을 처놓고 붙들고 서서 영영 우는 것은 우스운 일

이당.

이 세상에는 이마빽에다「님」이라고 새기고 다니는 사람은 하나도 없당.

「操愛는 絕對自由요 貞操는 유동(流動)이요 結婚式場은 林間이다」

나는 잠결에 큰소리로 이렇게 부르짖었다.

아아 혹성(惑星)같이 빛나는 님의 微笑는 흑암(黑闇)의 光線에서 채 사

라지지 아니하였읍니다.

잠의 나라에서 몸부림치든 사랑의 눈물은 어느덧 베개를 적셨읍니다.

110

容恕하서요 님이여 아무리 잠이 지은 허물이라도 님이 罰을 주신다면

그 罰을 잠을 주기는 싫습니다。

桂月香에게

桂月香이여 그대는 아릿다웁고 무서운 最後의 微笑를 거두지 아니한채
로 大地의 寢臺에 잠들었읍니다.
나는 그대의 多情을 슬퍼하고 그대의 無情을 사랑합니다.

大同江에 낚시질하는 사람은 그대의 노래를 듣고 牧丹峯에 밤놀이하는
사람은 그대의 얼굴을 봅니다.

아이들은 그대의 산이름을 외우고 詩人은 그대의 죽은 그림자를 노래
합니다.

사람 반드시 다하지 못한 恨을 끼치고 가게 되는 첫이다.

112

그대는 남은 恨이 있는가 없는가 있다면 그 恨은 무엇인가

그대는 하고싶은 말을 하지 않습니다。

그대의 붉은 恨은 **순**란(絢爛)한 저녁놀이 되어서 하늘길을 가로막고 황

양(荒凉)한 떨어지는 날을 도편키고자 합니다。

그대의 푸른 근심은 드리고드린 버들실이 되어서 꽃다운 무리를 뒤에

두고 運命의 길을 떠나는 저문 봄을 잡어매랴 합니다。

나는 黃金의 소반에 아침별을 받치고 梅花가지에 새봄을 걸어서 그대

의 잠자는 곁에 가만히 노아드리겠읍니다。

자 그려면 속하면 하룻밤 더디면 한겨울 사랑하는 桂月香이여、

113

滿足

세상에　滿足이　있너냐　人生에게　滿足이　있너냐

있너면　나에게도　있으리라

세상에　滿足이　있기는　있지마는　사람의　앞에만　있다

距離는　사람의　팔기리와　같고　速力은　사람의　걸음과　比例가　된다

滿足은　잡을래야　잡을　수도　없고　버릴래야　버릴　수도　없다

滿足을　얻고　보면　얻은　것은　不滿足이오　滿足은　依然히　앞에　있다

滿足은　愚者나　聖者의　主觀的　所有가　아니면　弱者의　期待뿐이다

滿足은　언제든지　人生과　竪的平行이다

나는 차라리 발꿈치를 돌려서 滿足의 묵은 자최를 밟을까 하노라

아아 나는 滿足을 얻었노라

아지랑이 갈은 꿈과 金실갈은 환상(幻想)이 님계신 꽃동산에 둔닐 때

에 아아 나는 滿足을 얻었노라

115

反比例

당신의 소리는 「沈默」인가요

당신이 노래를 부르지 아니하는 때에 당신의 노랫가락은 역력히 들립
니다 그려

당신의 소리는 沈默이어요

당신의 얼굴은 「黑闇」인가요

내가 눈을 감은 때에 당신의 얼굴은 분명히 보입니다 그려

당신의 얼굴은 黑闇이어요

당신의 그림자는 「光明」인가요

116

당신의 그림자는 달이 넘어간 뒤에 어두운 창에 비칩니다 그려

당신의 그림자는 光明이여요

눈 물

내가 본 사람 가운데는 눈물을 眞珠라고 하는 사람처럼 미친 사람은 없읍니다。

그 사람은 피를 紅寶石이라고 하는 사람보다도 더 미친 사람입니다。

그것은 戀愛에 失敗하고 黑闇의 기로(岐路)에서 헤매는 늙은 處女가 아니면 神經이 畸形的으로 된 詩人의 말입니다。

만일 눈물이 眞珠라면 나는 님이 信物로 주신 반지를 내놓고는 세상의 眞珠라는 眞珠는 다 티끌속에 묻어버리겠읍니다。

나는 눈물로 裝飾한 옥패(玉珮)를 보지 못하였읍니다。

나는 平和의 잔치에 눈물의 술을 마시는 것을 보지 못하였읍니다。

118

내가 본 사람 가운데는 눈물을 眞珠라고 하는 사람처럼 어리석은 사람은 없읍니다。

아니여요 님의 주신 눈물은 眞珠 눈물이여요

나는 나의 그림자가 나의 몸을 떠날 때까지 님을 위하여 眞珠눈물을 흘리겠읍니다。

아아 나는 날마다 날마다 눈물의 仙境에서 한숨의 玉笛을 듯습니다。

나의 눈물은 百千줄기라도 방울방울이 創造입니다。

눈물의 구슬이여 한숨의 봄바람이여 사랑의 聖殿을 莊嚴하는 無等等의 寶物이여

아아 언제나 空間과 時間을 눈물로 채워서 사랑의 世界를 完成할까요。

119

어테라도

아침에 일어나서 세수하려고 대야에 물을 떠다 놓으면 당신은 대야안의 가는 물결이 되어서 나의 얼굴 그림자를 불쌍한 아기처럼 얼려줍니다.

근심을 잊을까 하고 꽃동산에 거닐 때에 당신은 꽃사이를 스쳐오는 봄바람이 되어서 시름없는 나의 마음에 꽃향기를 묻쳐주고 갑니다.

당신을 기다리다 못하여 잠짜리에 누었더니 당신은 고요한 어둔빛이 되어 나의 잔부고럼을 살뜰이도 덮어줍니다.

어데라도 눈에 보이는데마다 당신이 게시기에 눈을 감고 구름위와 바다밑을 찾어 보았읍니다.

당신은 微笑가 되어서 나의 마음에 숨었다가 나의 감은눈에 입맞추고

「네가 나를 보너냐」고 조롱(嘲弄)합니다。

떠날 때의 님의 얼굴

꽃은 떨어지는 향기가 아름답습니다
해는 지는빛이 곱습니다
노래는 목마친 가락이 묘합니다
님은 떠날 때의 얼굴이 더욱 어여쁩니다

떠나신 뒤에 나의 환상(幻想)의 눈에 비치는 님의 얼굴은 눈물이 없
는 눈으로는 바로볼 수가 없을만치 어여쁠 것입니다
님의 떠날 때의 어여쁜 얼굴을 나의 눈에 새기겠읍니다
님의 얼굴은 나를 울리기에는 너무도 야속한듯 하지마는 님을 사랑하
기 위하여는 나의 마음을 질거웁게 할 수가 없읍니다

만일 그 어여쁜 얼굴이 영원히 나의 눈을 떠난다면 그 때의 슬픔은

우는 것보다도 아프겠습니다

最初의 님

맨첨에 만난 님과 님은 누구이며 어느 때인가요

맨첨에 이별한 님과 님은 누구이며 어느 때인가요

맨첨에 만난 님과 님이 맨첨으로 이별하였읍니까 다른 님과 님이 맨

첨으로 이별하였읍니까

나는 맨첨에 만난 님과 님이 맨첨으로 이별한줄로 압니다

만나고 이별이 없는 것은 님이 아니라 나입니다

이별하고 만나지 않는 것은 님이 아니라 길가는 사람입니다

우리들은 님에 대하여 만날 때에 이별을 염려하고 이별할 때에 만남

을 기약합니다

124

다

그것은 맨첨에 만난 님과 님이 다시 이별한 遺傳性의 흔적(痕跡)입니

그러므로 만나지 않는 것도 님이 아니오 이별이 없는 것도 님이 아닙니다

님은 만날 때에 웃음을 주고 떠날 때에 눈물을 줍니다

만날 때에 웃음보다 떠날 때의 눈물이 좋고 떠날 때의 눈물보다 다

시 만나는 웃음이 좋습니다

아아 님이여 우리의 다시 만나는 웃음은 어느 때에 있읍니까

두견새

두견새는 실컷 운다

울다가 못다 울면

피물 흘려 운다

시별한 恨이야 너뿐이랴마는

울래야 울지도 못하는 나는

두견새 못된 恨을 또 다시 어찌하디

야속한 두견새는

돌아갈 곳도 없는 나를 보고도

「不如歸不如歸」

나의 꿈

당신이 맑은 새벽에 나무그늘 사이에서 산보할 때에 나의 꿈은 적은

별이 되어서 당신의 머리위에 지키고 있겠읍니다.

당신이 여름날에 더위를 못이기어 낮잠을 자거든 나의 꿈은 맑은바람

이 되어서 당신의 周圍에 떠돌겠읍니다.

당신이 고요한 가을밤에 그윽히 않아서 글을 볼 때에 나의 꿈은 귀

뚜라미가 되어서 책상 밑에서 「귀뚤귀뚤」 울겠읍니다.

128

우는 때

꽃핀 아침 달밝은 저녁 비오는밤 그 때가 가장 님그리운 때라고 남들은 말합니다.

나도 같은 고요한 때표는 그 때에 많이 울었읍니다.

그러나 나는 여러 사람이 모여서 말하고 노는 그때에 더 울게 됩니다.

님있는 여러 사람들은 나를 위로하여 좋은 말을 합니다마는 나는 그들의 위로하는 말을 조소로 듣습니다.

그 때에는 울음을 삼켜서 눈물을 속으로 창자를 향하여 흘립니다.

129

타골의 詩 (GARDENISTO) 를 읽고

벗이여 나의 벗이여 愛人의 무덤위의 피어있는 꽃처럼 나를 울리는 벗

이여

적은 새의 자최도 없는 沙漠의 밤에 문득 만난 님처럼 나를 기쁘게

하는 벗이여

그대는 옛무덤을 깨치고 하늘까지 사모치는 白骨의 香氣입니다

그대는 花環을 만들랴고 떨어진 꽃을 줏다가 다른 가지에 걸려서 줏

은 꽃을 헤치고 부르는 絶望인 希望의 노래입니다

벗이여 깨어진 사랑에 우는 벗이여

눈물이 능히 떨어진 꽃을 옛가지에 도로 피게 할 수는 없읍니다◦

눈물을 떨어진 꽃에 뿌리지 말고 꽃나무 밑에 티끌에 뿌리서요

벗이여 나의 벗이여

주검의 香氣가 아무리 좋다 하여도 白骨의 입술에 입맞출 수는 없읍니다

그의 무덤을 黃金의 노래로 그물치지 마서요 무덤위에 피묻은 旗대를 세우서요

그러나 죽은 大地가 詩人의 노래를 거쳐서 움직이는 것을 봄바람은 달합니다

벗이여 부고렵습니다 나는 그대의 노래를 들을 때에 어떻게 부고럽고 떨리는지 모르겠읍니다

그것은 내가 나의 님을 더나서 홀로 그 노래를 듣는 까닭입니다

131

수(繡)의 秘密

나는 당신의 옷을 다 지어 놓았읍니다.

심의도 짓고 도포도 짓고 자리옷도 지었읍니다.

짓지 아니한 것은 적은 주머니에 수놓는 것 뿐입니다.

그 주머니는 나의 손때가 많이 묻었읍니다.

짓다가 놓아두고 짓다가 놓아두고 한 까닭입니다.

다른 사람들은 나의 바느질 솜씨가 없는줄로 알지마는 그러한 비밀은

나 밖에는 아는 사람이 없읍니다.

나는 마음이 아프고 쓰린 때에 주머니에 수를 놓으랴면 나의 마음은

수놓는 금실을 따라서 바늘구멍으로 돌어가고 주머니 속에서 맑은 노래

132

가 나와서 나의 마음이 뜁니다。

그러고 아직 이 세상에는 그 주머니에 넣을만한 무슨 보물이 없읍니다。

이 적은 주머니는 짓기 싫여서 짓지 못하는것이 아니라 짓고싶어서 다

짓지않는 것입니다。

사랑의 불

山川草木에 붙는 불은 수인씨(燧人氏)가 내섰읍니다.

靑春의 音樂에 舞蹈하는 나의 가슴을 태우는 불은 가는 님이 내섰읍니다.

촉석루(矗石樓)를 안고 돌며 푸른 물결의 그윽한 품에 論介의 靑春을 잠재우는 南江의 흐르는 물아

牧丹峰의 키쓰를 받고 桂月香의 無情을 저주(咀呪)하면서 능라도(綾羅島)를 감돌아 흐르는 失戀者인 大同江아

그대들의 灌威로도 이태우는 불은 끄지못할줄을 번연히 알지마는 섭버릇

으로 불러보았다.

만일 그대네가 쓰리고 아픈 슬픔으로 조리다가 爆發되는 가슴 가운데

134

의 불을 끌 수가 있다면 그대들이 님그리운 사람을 위하여 노래를 부

를 때에 이따금 이따금 목이메어 소리를 이르지 못함은 무슨 까닭인가

남들이 불수 없는 그대네의 가슴 속에도 애태우는 불꽃이 겨구로 타

들어가는 것을 나는 본다。

오오 님의 情熱의 눈물과 나의 感激의 눈물이 마조 다서 合流가 되

는 때에 그 눈물의 첫방울로 나의 가슴의 불을 고고 그 다음 방울을

그대네의 가슴에 뿌려주리라。

「사랑」을 사랑하여요

당신의 얼굴은 봄하늘의 고요한 별이여요。

그러나 찢어진 구름사이로 돌아오는 반달같은 얼굴이 없는것이 아닙니

당。

만일 어여쁜 얼굴만을 사랑한다면 왜 나의 베갯모에 달을 수놓지 않

고 별을 수놓아요。

당신의 마음은 티없는 순결이여요 그러나 곱기도 밝기도 굳기도 보석

같은 마음이 없는것이 아닙니다。

만일 어름다운 마음만을 사랑한다면 왜 나의 반지를 보석으로 아니하

고 옥으로 만들어요。

136

당신의 詩는 봄비에 새로 눈트는 金결같은 버들이여요.

그러나 기름같은 겊은 바다에 피어 오르는 百合꽃 같은 詩가 없는 것

이 아닙니다.

만인 좋은 文章만을 사랑한다면 왜 내가 꽃을 노래하지 않고 버들을

讚美하여요.

원세상 사람이 나를 사랑하지 아니할 때에 당신만이 나를 사랑하였읍

니다.

나는 당신을 사랑하여요 나는 당신의 「사랑」을 사랑하여요.

137

버리지 아니하면

나는 잠짜리에 누어서 자다가 깨고 깼다가 잘 때에 외로운 등잔불은

각근(恪勤)한 派守軍처럼 원밤을 지킴니다.

당신이 나를 버리지 아니하면 나는 一生의 등잔불이 되어서 당신의 百

年을 지키겠읍니다.

나는 책상앞에 앉아서 여러가지 글을 볼 때에 내가 要求만 하면 글은

좋은 이야기도 하고 맑은 노래도 부르고 嚴肅한 敎訓도 줍니다.

당신이 나를 버리지 아니하면 나는 服從의 百科全書가 되어서 당신의

要求를 수응(酬應)하겠읍니다.

138

나는 거울을 대하여 당신의 키쓰를 기다리는 입술을 볼 때에 속임없

는 거울은 내가 웃으면 거울도 웃고 내가 찡그리면 거울도 찡그립니다.

당신이 나를 버리지 아니하면 나는 마음의 거울이 되어서 속임 있

당신의 苦樂을 같이 하겠읍니다.

당신 가신 때

당신이 가실 때에 나는 다른 시골에 병들어 누어서 이별의 키쓰도 못 하였읍니다。

그 때는 가을 바람이 첨으로 나서 단풍이 한가지에 두서너 닢이 붉 엇읍니다。

나는 永遠의 時間에서 당신 가신 때를 끊어내겠읍니다 그러면 時間은 두 도막이 납니다。

時間의 한끝은 당신이 가지고 한끝은 내가 자졌다가 당신의 손과 나 의 손과 마조 잡을 때에 가만히 이어 놓겠읍니다。

140

그러면 부대를 잡고 남의 不幸한 일만을 쓰랴고 기다리는 사람들도 당

신의 가신 떠는 쓰지 못할 것입니다。

나는 永遠의 時間에서 당신 가신 때를 끊어 내겠읍니다。

141

요 　술（妖術）

가를 洪水가 적은 시내에 싸인 溶巖을 힘들어가못이 당신은 나의 歡

樂의 마음을 빼앗아 갔읍니다 나에게 남은 마음은 苦痛뿐입니다

그러나 나는 당신을 원망할 수는 없읍니다 당신이 가기 전에는 나의

苦痛의 마음을 빼앗아간 까닭입니다。

만일 당신의 歡榮의 마음과 苦痛의 마음을 同時에 빼앗어 간다하면 나

에게는 아무 마음도 없겠읍니다。

나는 하늘의 별이 되어서 구름의 面紗로 낯을 가리고 숨어 있겠읍니다。

나는 바다의 眞珠가 되었다가 당신의 구쓰에 단추가 되겠읍니다。

당신이 만일 별과 眞珠를 따서 귀다가 마음을 넣서 다시 당신이 님

을 만든다면 그 때에는 歡樂의 마을을 넘수서요。

우득이 苦痛의 마음도 넣야 하겠거든 당신의 苦痛을 빼어다가 넣수서요。

그러고 마음을 빼앗어가는 妖術은 나에게는 가리처주지 마서요。

그러면 지금의 이별이 사랑의 最後는 아닙니다。

143

당신의 마음

나는 당신의 눈썹이 검고 귀가 갸름한 것도 보았읍니다.

그러나 당신의 마음은 보지 못하였읍니다.

당신이 사과를 따서 나를 주랴고 크고 붉은 사과를 따로 쌀 때에 당신의 마음이 그 사과 속으로 들어가는 것을 분명히 보았읍니다.

나는 당신의 둥근배와 잔나비 같은 허리와를 보았읍니다.

그러나 당신의 마음은 보지 못하였읍니다.

당신이 나의 사진과 어떤 여자의 사진을 같이 들고 볼 때에 당신의 마음이 두 사진의 사이에서 초록빛이 되는 것을 분명히 보았읍니다

144

나는 당신의 발톱이 희고 발꿈치가 둥근 것도 보았읍니다.

그러나 당신의 마음은 보지 못하였읍니다.

당신이 떠나시랴고 나의 큰 보석 반지를 주머니에 넣으실때에 당신의 마음이

보석반지 넘어로 얼굴을 가리고 숨는것을 분명히 보았읍니다.

여름밤이 길어요

당신이 계실 때에는 겨울밤이 짜르더니 당신이 가신 뒤에는 여름밤이 길어요.

책녁의 內容이 그릇되었나 하였더니 개똥불이 흐르고 버레가 웁니다.

긴밤은 어데서 오고 어데로 가는줄을 분명히 알었읍니다.

긴밤은 근심바다의 첫물결에서 나와서 슬픈 音樂이 되고 아득한 沙漠이 되더니 필경 絶望의 城넘어로 가서 惡魔의 웃음속으로 들어갑니다.

그러나 당신이 오시면 나는 사랑의 칼을 가지고 긴밤을 베어서 一千토막을 내겠읍니다.

당신이 계실 때는 겨울밤이 짜르더니 당신이 가신 뒤는 여름밤이 길어요.

146

명 상(冥想)

아득한 冥想의 적은 배는 갓이없이 출렁거리는 달빛의 물결에 표류(漂流)되어 멀고먼 별나라를 넘고 또 넘어서 이름도 모르는 나라에 이르렀읍니다.

이 나라에는 어린아기의 微笑와 봄아침과 바다소리가 合하여 사람이 되었읍니다.

이 나라 사람은 옥새(玉璽)의 귀한줄도 모르고 黃金을 밟고 다니고 美人의 靑春을 사랑할줄도 모릅니다.

이 나라 사람은 웃음을 좋아하고 푸른 하늘을 좋아합니다.

冥想의 배를 이 나라의 宮殿에 매었더니 이 나라 사람들은 나의 손을 잡고 같이 살자고 합니다.

147

그러나 나는 님이 오시면 그의 가슴에 天國을 꾸미랴고 돌아왔읍니다.

달빛의 물결은 흰구슬을 머리에 이고 춤추는 어린풀의 장단을 맞추어 우줄거립니다.

七 夕

차라리 님이없이 스스로 님이 되고 살지언정 하눌위의 織女星은 되지

않겠어요 「네 네 나는 언제인지 님의 눈을 쳐다보며 조금 아양스런 소

리로 이렇게 말하였읍니다。

이 말은 견우(牽牛)의 님을 그리우는 織女가 一年에 한번씩 만나는 七

夕을 어찌 기다리나 하는 同情의 저주(咀呪)였읍니다。

이 말에는 나는 모란꽃에 취한 나비처럼 一生을 님의 키쓰에 바쁘게

지나겠다는 교만한 盟誓가 숨어 있읍니다。

아아 알수없는 것은 運命이오 지키기 어려운 것은 盟誓입니다。

나의 머리가 당신의 팔위에 도리질을 한지가 七夕을 열번이나 지나고

몇번을 지내었읍니다.

그러나 그분은 나를 용서하고 불쌍히 여길 뿐이요 무슨 復讐的 저주

〈咀呪를〉 아니 하였읍니다.

그분은 밤마다 밤마다 銀河水를 새에 두고 마주 건너다보며 이야기 하
고 놉니다.

그분은 햇죽햇죽 웃는 銀河水의 江岸에서 물을 한줌씩 쉬어서 서로 던
지고 다시 뉘우처 합니다.

그분은 물에다 발을 잠그고 반비식이 누어서 서로 안보는체 하고 무
슨 노래를 부릅니다.

그분은 갈닢으로 배를 만들고 그 배에다 무슨 글을 써서 물에 띄우
고 입김으로 부러서 서로 보냅니다 그러고 서로 글을 보고 理解하지 못

하는 것처럼 잠자코 있읍니다。

그들은 돌아갈 때에는 서로 보고 웃기만 하고 아무말도 아니합니다。

지금은 七月七夕날 밤입니다。

그들은 蘭草실로 주름을 접은 蓮꽃의 윗옷을 입었읍니다。

그들은 한구슬에 일곱빛 나는 桂樹나무 열매의 노리개를 찼읍니다。

키쓰의 술에 醉할 것을 想像하는 그들의 뺨은 먼저 기쁨을 못이기는

自己의 熱情에 醉하여 반이나 붉었읍니다。

그들은 오작교(烏鵲橋)를 건너갈 때에 걸음을 멈추고 윗옷의 뒷자락을

檢査합니다。

그들은 오작교(烏鵲橋)를 건너서 서로 포옹(抱擁)하는 동안에 눈물과 웃

음이 順序를 잃더니 다시금 공경(恭敬)하는 일굴을 보입니다。

151

아아 알수 없는 것은 運命이오 지키기 어려운 것은 盟誓입니다.

나는 그둘의 사랑이 表現인 것을 보았읍니다.

진정한 사랑은 表現할 수가 없읍니다.

그들은 나의 사랑을 볼 수는 없읍니다.

사랑의 神聖은 表現에 있지 않고 秘密에 있읍니다.

그들이 나를 하늘로 오라고 손짓을 한대도 나는 가지 않겠읍니다.

지금은 七月七夕날 밤입니다.

生의 藝術

물난결에 쉬어지는 한숨은 봄바람이 되어서 여윈 얼굴을 비치는 거울

에 이슬꽃을 핍니다。

나의 周圍에는 和氣라고는 한숨의 봄바람 밖에는 아무것도 없읍니다。

하염없이 흐르는 눈물은 水晶이 되어서 깨끗한 슬픔의 聖境을 비칩니다。

나는 눈물의 水晶이 아니면 이 세상에 寶物이라고는 하나도 없읍니다。

한숨의 봄바람과 눈물의 水晶은 떠난 님을 그리워하는 情의 秋收입니다。

저리고 쓰린 슬픔은 힘이 되고 熱이 되어서 어린 羊과 같은 적은 목

숨을 사려 움직이게 합니다。

님이 주시는 한숨과 눈물은 아름다운 生의 藝術입니다。

꽃 싸 움

당신은 무궁화를 심으실 때에 「꽃이 피거든 꽃싸움 하자 고 나에게 말
하였읍니다。

꽃은 피어서 시들어 가는데 당신은 옛맹서를 잊으시고 아니 오십니까。

나는 한손에 붉은 꽃수염을 가지고 한손에 흰 꽃수염을 가지고

움을 하여서 이기는 것은 당신 라 하고 지는 것은 내가 됩니다。

그러나 정말로 당신을 만나서 꽃싸움을 하게 되면 나는 붉은 꽃수염

을 가지고 당신은 흰 꽃수염을 가지게 합니다。

그러면 당신은 나에게 번번히 지십니다。

그것은 내가 이기기를 좋아하는 것이 아니라 당신이 나에게 지기를 기

떠하는 까닭입니다。

번번히 이긴 나는 당신에게 우승의 상을 달라고 조르겠습니다。

그러면 당신은 빙긋이 웃으며 나의 빰에 입맞추겠습니다。

꽃은 피어서 시들어 가는데 당신은 옛매서를 잊으시고 아니오십니까。

거문고 탈 때

달아래에서 거문고를 타기는 근심을 잊을까 함이러니 첫곡조가 끝나기
전에 눈물이 앞을 가려서 밤은 바다가 되고 거문고줄은 무지개가 됩니다。
거문고 소리가 높았다가 가늘고 가늘다가 높을 때에 당신은 거문고줄
에서 그네를 뜁니다。
마지막 소리가 바람을 따라서 느티나무 그늘로 사라질 때에 당신은 나
를 힘없이 보면서 아득한 눈을 감습니다。
아아 당신은 사라지는 거문고 소리를 따라서 아득한 눈을 감습니다。

오 서 요

오서요 당신은 오실 때가 되었어요 어서 오서요.

당신은 당신이 오실 때가 언제인지 아십니까 당신의 오실 때는 나의

기다리는 때입니다.

당신은 나의 꽃밭으로 오서요 나의 꽃밭에는 꽃들이 피어 있읍니다.

만일 당신을 쫓아오는 사람이 있으면 당신은 꽃속으로 들어가서 숨으

십시오.

나는 나비가 되어서 당신 숨은 꽃위에 가서 앉겠읍니다.

그러면 쫓아오는 사람이 당신을 찾을 수는 없읍니다.

오서요 당신은 오실 때가 되었읍니다 어서 오서요.

당신은 나의 품으로 오서요 나의 품에는 부드러운 가슴이 있읍니다。

만일 당신을 쫓아오는 사람이 있으면 당신은 머리를 숙여서 나의 가

슴에 대십시오。

나의 가슴은 당신이 만질 때에는 물갈이 보드러웁지마는 당신의 危險

을 위하여는 黃金의 칼도 되고 강철(鋼鐵)의 방패도 됩니다。

나의 가슴은 말굽에 밟힌 落花가 될지언정 당신의 머리가 나의 가슴

에서 떨어질 수는 없읍니다。

그러면 쫓아오는 사람이 당신에게 손을 대일수는 없읍니다。

오서요 당신은 오실 때가 되었읍니다 어서 오서요。

당신은 나의 주검 속으로 오서요 주검은 당신을 위하여의 準備가 언

제든지 되어 있읍니다。

만일 당신을 쫓아오는 사람이 있으면 당신은 나의 주검의 뒤에 서십

시오。

주검은 허무(虛無)와 萬能이 하나입니다。

주검의 사랑은 無限인 동시에 無窮입니다。

주검의 앞에는 軍艦과 砲臺가 티끌이 됩니다。

주검의 앞에는 强者와 弱者가 벗이 됩니다。

그러면 쫓아오는, 사람이 당신을 잡을 수는 없읍니다。

오서요 당신은 오실 때가 되었읍니다 어서 오서요。

快樂

님이여 당신은 나를 당신계신 때처럼 잘 있는 줄로 아십니까.

그러면 당신은 나를 아신다고 할 수가 없읍니다.

당신이 나를 두고 멀리 가신 뒤로는 나는 기쁨이라고는 달도 없는 가을 하늘에 외기러기의 발자최만치도 없읍니다。

거울을 볼 때에 절로 오든 웃음도 오지 않습니다。

꽃나무를 심으고 물주고 북돋으든 일도 아니합니다。

고요한 달그림자가 소리없이 걸어와서 엷은 창에 소근거리는 소리도 듣기 싫습니다。

160

가물고 더운 여름 하늘에 소낙비가 지나간 뒤에 산모통이의 적은 숲에서 나는 서늘한 맛도 달지 않습니다.

동무도 없고 노리개도 없읍니다.

나는 당신 가신 뒤에 이 세상에서 얻기 어려운 快樂이 있읍니다.

그것은 다른 것이 아니라 이따금 싫것 우는 것입니다.

苦 待

당신은 나로 하여금 날마다 날마다 당신을 기다리게 합니다。

해가 저물어 산그림자가 촌집을 덮을 때에 나는 期約없는 期待를 가

지고 마을 숲밖에 가서 기다리고 있읍니다。

소를 몰고 오는 아희들의 풀잎피리는 제소리에 목마칩니다。

먼나무로 돌아가는 새들은 저녁 연기에 헤염칩니다。

숲들은 바람과의 유희(遊戲)를 그치고 잠잠히 섰읍니다 그것은 나에게

同情하는 표상(表象)입니다。

시내를 따러 구비친 모랫결이 어둠의 품에 안겨서 잠들 때에 나는

고요하고 아득한 하늘에 긴한숨의 사라진 자최를 남기고 게으른 걸음으

로 돌아옵니다。

162

당신은 나로 하여금 날마다 날마다 당신을 기다리게 합니다。

어둠의 입이 黃昏의 얇은 빛을 삼킬 때에 나는 시름없이 문밖에 서

서 당신을 기다립니다。

다시 오는 별들은 고흔 눈으로 반가운 表情을 빛내면서 머리를 조아

다투어 인사합니다。

풀사이의 버레들은 이상한 노래로 白晝의 모든 生命의 戰爭을 쉬게하

는 平和의 밤을 공양(供養)합니다。

네모진 적은 못의 蓮잎위에 발자최 소리를 내는 시럽슨 바람이 나를

조롱(嘲弄)할 때에 나는 아득한 생각이 날카로운 怨恨으로 化합니다。

당신은 나도 하여금 날마다 날마다 당신을 기다리게 합니다。

一定한 步調로 걸어가는 事情없는 時間이 모든 希望을 채찍질하여 밤과

함께 모려갈 때에 나는 쓸쓸한 잠짜리에 누어서 당신을 기다립니다.

가슴 가운데의 저기압(低氣壓)은 人生의 海岸에 暴風雨를 지어서 三千

世界는 流失되었읍니다.

벗을 잃고 견디지 못하는 가엾은 잔나비는 情의 森林에서 저의 숨에

窒息되었읍니다.

宇宙와 人生의 根本問題를 解決하는 大哲學은 눈물의 三昧에 入定되었

읍니다.

나의 「기다림」은 나를 찾다가 못찾고 저의 自身까지 잃어버렸읍니다.

사랑의 끝판

네 네 가요 지금 곧 가요.

에그 등불을 켜랴다가 초를 거꾸로 꽂았읍니다 그려 저를 어쩌나 저사

람들이 숭보겠네.

님이여 나는 이렇게 바쁩니다 님은 나를 계으르다고 꾸짖읍니다 에그

저것좀 보아 「바쁜 것이 게으른 것이다」 하시네

내가 님의 꾸지럼을 듣기로 무엇이 싫겠읍니까 다만 님의 거문고 줄

이 緩急을 이룰까 저허합니다.

님이여 하늘도 없는 바다를 거처서 느름나무 그늘을 지어버리는 것은 달

해를 탄 닭은 날개를 움직입니당

마구에 매인 말은 굽을 칩니당

네네 가요 이제 곧 가요

讀者에게

讀者여 나는 詩人으로 여러분의 앞에 보이는 것을 부끄러워합니다。

여러분이 나의 詩를 읽을 때에 나를 슬퍼하고 스스로 슬퍼할줄을 압니다。

나는 나의 詩를 讀者의 子孫에게까지 읽치고 싶은 마음은 없읍니다。

그 때에는 나의 詩를 읽는것이 늦은봄의 꽃수풀에 앉아서 마른 菊花를 비벼서 코에 대이는것과 같을른지 모르겠읍니다。

밤은 얼마나 되었는지 모르겠읍니다。

雪嶽山의 무거운 그림자는 엷어갑니다。

새벽종을 기다리면서 붓을 던집니다。

(乙丑八月二十九日밤)

167

판권이 유실되었으나,
단기 '4289년 3월 3일'인 장서인과
여러 자료를 검토한 바
1954년 8월 10일에 발행된
6판으로 추정.

님의 沈默

초판 1쇄 인쇄 2016년 3월 14일
초판 1쇄 발행 2016년 3월 21일

지은이 한용운

펴낸이 박세현
펴낸곳 팬덤북스

기획위원 김정대 · 김종선 · 김옥림
영업 전창열
편집 김종훈 · 이선희
디자인 강진영

주소 (우)03966 서울시 마포구 성산로 144 교흥빌딩 305호
전화 070-8821-4312 | **팩스** 02-6008-4318
이메일 fandombooks@naver.com
블로그 http://blog.naver.com/fandombooks

등록번호 제25100-2010-154호

ISBN 979-11-86404-47-8 03810